U0894011

逃往森林的风

恒兰　著绘

海豚出版社
DOLPHIN BOOKS
CIPG 中国国际出版集团

目录

·第一章·

逃往森林的风

日期：6月9日　岁月静好

我承认，选择这段旅程，

不是为了用希望去洗刷崭新的开始，

而是筑一个孤独的巢。

用尽这一曲难忘，

享受你残留的余温。

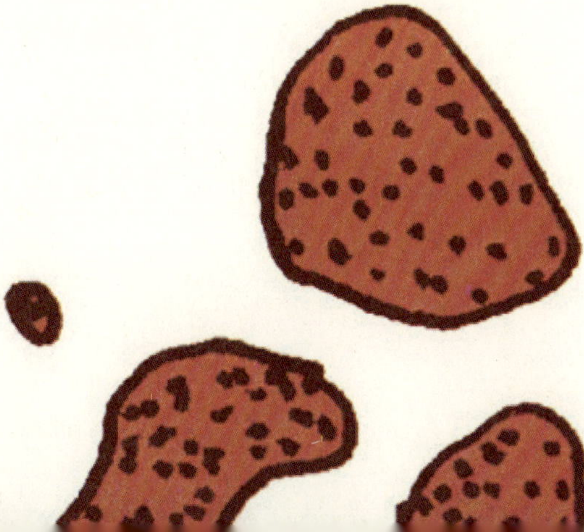

这朵花开在遗忘树林的深处，

这是属于我的花。

想到这里，

就觉得，似乎一切很美好。

咖啡色屋顶，

浅色外围栅栏，

玻璃门上贴着一枚四叶草。

推开门，

咖啡香气夹着淡淡的忧伤。

除此之外，

我只是希望，

筑这样一个孤独的巢。

用尽这一曲难忘，

享受你残留的余温。

LOVE

这是我的花——

森林咖啡馆，

她属于这里。

就像我，

曾经属于你。

我并不是那种堕落的女孩。

我只是相信，

你曾给我的那些美好，

终有一天可以治愈破碎的伤口。

就像林间划过的风，

努力雕琢着树的眼睛。

带给它疼痛，

也赐予它微亮的光。

日期：6月10日 我只是想你

我只是想你，

寂寞里踩着红色高跟鞋，

踏出一支碎裂的歌。

我只是想你，

色彩斑斓的喧闹中，

开出灰色的花。

明天咖啡馆就要开始营业了。

读出久违的你的名字，

是唯一的仪式。

风抱紧树叶，

花朵睡在兔子温暖的窝里。

谁偷走了蜡烛？

星星偶尔哭泣。

我知道，

你还在。

我知道，

寂寞裹在云的思念里。

仅此而已。

属于我的花

这是与世隔绝的森林。灌木丛中冒出湿润的泥土芳香，一棵棵形态各异的树包裹着另一个世界。没有城市的喧嚣，没有拥挤的车流。偶尔的鸟鸣声提醒着我，这里很安静。我慢慢走着，心也平静了一些，仿佛长久的疲惫得到了安抚。

林子的深处，长满各种不知名的野花。有的艳丽得像天空的彩霞，一大朵，两大朵……它们借着风轻轻摇摆，向着阳光张扬地开放；有的成片成片，连绵成花海，仔细看着它们，又觉得这些花像坠入林间的彩虹；有的花朵却默默躲在角落，粉色的，蓝色的，散发出阵阵幽香。

真美，不是吗？我望着眼前的景色，对自己说。仿佛每朵花都是自己，或是曾经的自己，或是现在的自己，或是未来的自己。我试图解读它们绽放的形态，以此审视自己，提醒自己，安慰自己，找到愈合伤口的方法。

风在树林间流窜着，用新奇的舞步诠释大自然的清凉。我把脸凑过去，倾听风语，也向它倾诉我的心事。比如，那些矛盾的，我不愿意提起，却总会在睡前莫名想念的人和事物，又比如，那些我已释怀的，努力牵手想走到最后却轻易错过的感情。风像个孩子，在我身边来来回回，打转时掀起一两片薄薄的落叶。不知道风听懂了没有，我的心却明亮了一些。傍晚的日光挤进森林，我望着花海，感觉自己像一只远航未归的船。

我累了，我想在这里拥有属于自己的花——一间咖啡馆。

白鸟先生

我在这里找到暂时的居所，筹划着如何开一间咖啡馆。要让它成为现实，得先从食材开始。我想订一些烘焙好的咖啡豆，好的风味是会和食客交流的。然而从遥远的地方运来食材，靠一双手肯定是不行的。这些天，我倚在蓝灰色木窗前，望着被树叶分割成碎片的天空发呆，偶尔想起那些不愉快的事情，但更多的，是为毫无进展的眼前事而愁苦。

“你好。”一只白鸟从那些碎片般的天空缝隙中飞出来，缓缓降落在我的木窗前。

“你好，我是苏尔。”

简单的问候之后，我说起自己闷闷不乐的原由。看着自己纤弱的双手，我一边说着，一边苦笑着将脸埋进双臂。我并没有哭，却望见自己的脚踝处，被高跟鞋磨出的一个浅浅的茧。

“也许，我做不到。”

“没关系，我可以借你一双翅膀。”白鸟先生说，“我来帮你运送货物。”

我抬起脸看向白鸟先生，他的眼神深邃幽亮。我又看了看天空，然后眼神再次回到他洁白的羽毛上。点点阳光亲吻他的身体，赋予他的羽毛一道柔亮的、暖黄色的边。

“谢谢你，白鸟先生。你是来自天空的一朵温暖的云。”

花以不同的姿态在森林里开放着，树伸出手想摸摸天空里藏着什么。风依然像个孩子，在木窗周围来来回回，打转时掀起一两片薄薄的落叶，而此时我感觉到他在嬉笑着，有着很开心的样子。

好咖啡豆有了指望，我真幸运。

躲在云里

果实，总是先被柔弱的花朵一瓣一瓣包裹着，在风吹雨打中，在梦中，在恍惚中，逐渐迎来自己的成熟。我很忙，为自己的专属花朵——咖啡馆做着设计，不怕辛苦，反而觉得有点幸福。我冷落了“寂寞”这位小精灵，并把它丢在千里之外的云层中，我不管不顾，任它使着小性子。

草木间的树洞藏着孤独的眼神，晚开的花有着淡淡的忧伤，累了一天的动物们躺在自己的窝里，揣着点点滴滴的开心或不开心。而天边的云像个负责的保姆，尽力清洗着我向它丢去的孤独和忧伤。

我看着眼前的道林纸越叠越厚，仿佛形成一小块肥沃的土壤，而上面星星点点的草叶慢慢冒出小芽，一点点生长着，在这块土壤的正中间，缓缓开出一朵美丽而特别的花，向着天花板，不，向着星空的方向展开薄而有力的花瓣……我醒来时，发现自己坐在桌子前，空杯子倒在我的设计图纸旁边，杯底残余的水滴亲吻着纸的一角，成了一个好看的心形。

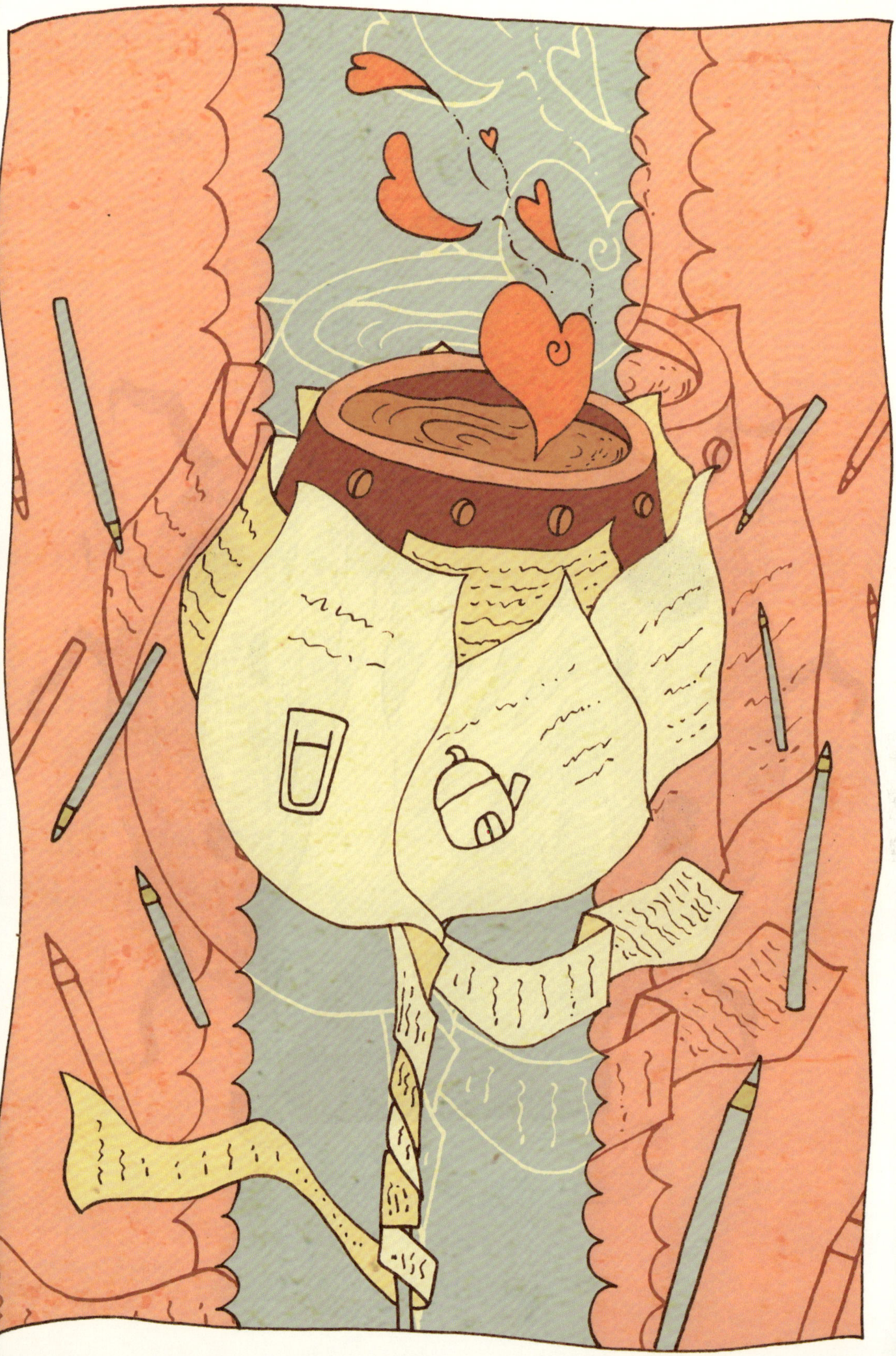

一位甲虫先生乘着阳光钻入了我的家，我把手放在他面前，示意他上来，然后将他送到窗外的一株粉绿色草叶上。这时我分明看到，他脱下了礼帽向我表示感谢，而后又戴上礼帽，朝来时的方向飞去。

我终于觉得这里的日子有趣起来，这片森林，真有点不一样。

一段时间后，座椅、吧台、器皿、小物件都齐全了，咖啡馆慢慢有了样子。

留言板

自到这里以来，风似乎就没有停过。它伴着虫鸣声，像一条张牙舞爪的五线谱，变幻、交错、穿梭在林间。我开始在虫鸣声的陪伴下，往返于矮灌木丛和挺拔的树木之间，收集一些形状色泽不尽相同的落叶，除了缓解自己长久作画的压力，我还没有想好它们的用处。

林间的昆虫先生们唱得欢快，望向四周，却很难见到他们。在这里初来乍到的我，其实很想问问这里的主人们，关于咖啡馆，他们有什么好的建议。

“昆虫先生们，打扰……我……是苏尔……”林间的回响让我感到一丝冒昧，仿佛自己是个误入音乐会场的过客。目之所及，蜻蜓先生从很高的地方优雅地飞过，似乎听不到我的问候。在高树树干上的蝉先生们，倒是很热心地各抒己见，只是我实在分不清是谁在说，又在说些什么。

我有些不知所措。因为据我所知，有一种蝉叫十七年蝉，他在地下蛰伏十七年，才迎来短暂的有光的日子，虽然十七年蝉应该不属于这片森林。眼前这些建议何其珍贵，我却听不明晰。我弯下身子，漫不经心地去翻地上的落叶，却无意间冒犯了一位枯叶螳螂先生。他朝我看了看，张开的翅膀闭合起来，更加像一枚枯叶。我道了歉，说想听听他关于新咖啡馆的建议。而他一言不发，只是继续看着我，一动不动。

我突然想到，将咖啡馆空出一面墙来，用落叶装饰，做一个留言板吧。把大家想对这个咖啡馆说的话，想对自己说的话，以及对朋友爱人的真心话，都贴到这面墙上。

我喜爱的样子

浅咖色屋顶，拥有意式咖啡的颜色和奶油的形状。深色咖啡杯形状的外墙，墙的一边是几块废木，用钉子连接成为一个杯耳的形状。周围是浅色的栅栏，和咖啡馆主体在视觉上形成对比。连这里的落叶，都像落在杯子前面的咖啡豆，恰到好处地烘托出宁静恬淡的氛围。

店门是一扇可以轻轻推开的双开玻璃门，门上有我精心设计的四叶草图案，并写着 LOVE。我将憧憬和打造咖啡馆的原由镶嵌在门中。门外是未知，门内是拥有。

咖啡馆终于成了它该有的样子。

LOVE

在迷茫的时间里，我回想着自己所喜爱的一切、被伤害的一切，然后用微乎其微的几率，徒手捕捉未来的美好。岁月是一本厚厚的书，安排我在某一个时段，走进另一个不曾熟知的世界。在这里，森林大大的，我小小的。幸好我遇到白鸟先生、枯叶螳螂先生……他们帮我一起，弥合伤痕，缩短梦和现实的差距。

花朵们努力开放着，从淡粉色、藏蓝色、鹅黄色到浅白色、玫红色、深紫色……他们以各种姿态舞蹈着，仿佛忘记了时光。天空保持着淡淡的蓝色，有不同的飞鸟划过，远处的，近处的，滑翔的，拍着翅膀的。天空的色泽久久没有改变，仿佛不想放下幕布。花朵和天空仿佛在对话，说着我听不懂的语言，但看得出他们都很高兴。

我松了一口气，又在这样的景致中，深呼吸着，似乎闻到眼前的“大杯子”飘出了袅袅的咖啡香。大杯子，咖啡馆，花，都是幻化成真的梦境。

在森林里拥有一朵属于自己的花——森林咖啡馆，真好。

落叶在跳舞，和风一起。

·第二章·

新店的客人

狐狸姑娘——该来的终会到来

7 月 4 日　第一位客人

狐狸姑娘是我开业的第一位客人，

她火红的毛发很是漂亮，

像红酒燃烧后的热情。

LOUE

狐狸姑娘并没有直接进入我的小店，

她先是路过。

当然，在经过小店时她顿了一下。

写到这里我有话要说：

我提前一天在店里煮了有着浓郁香气的咖啡，

为了当店门第一次以美好的姿态打开的时候，

味道可以吸引来懂她的客人。

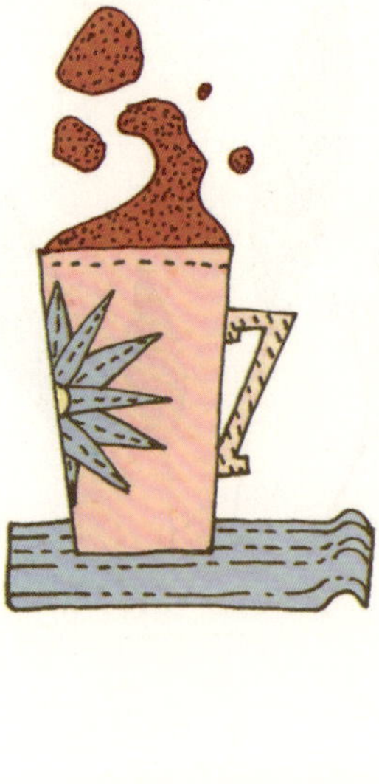

LOVE

半个小时后，

狐狸姑娘打开了咖啡店的门。

我们相互礼貌地问好。

我招呼她坐在靠窗的位置，

递上一杯柠檬水。

叶子在空中打了个圈，

绕回大树的脚下。

看到狐狸姑娘走进小店的那一刻，

我是喜悦的，

并没有失而复得的感慨。

我知道，

该来的，终要到来。

12
1
2
3
4
5

时光在唱歌，

为半个圆的幅度而庆祝。

蓝色小芽——信任源于孤单

天气不错，空气中，夹杂着草叶的香气。

店里走进一位戴礼帽的兔子先生。

"您好，一杯摩卡。"

"好的，先生。"

Love

我们简单地对话后，他脱下礼帽。我发现，他的头上有一株小芽。出于对这个装饰的好奇，我多看了几眼，刚好对上了他的眼神。我有些不好意思，他却大方地谈起“小芽”的故事。

“我是个画师，去到一个极为

偏远的地方写生。

“那里有大片紫色的无名小花，树干拥有天空一般美丽的蓝色。我想，现实和梦想，在那里弥合了彼此的距离。于是我轻车熟路地拿起画笔。

“画画的时候，一撮刘海滑了下来，捋上去，又滑下来，再捋，再滑下来……”

我一边在柜台前忙活着，一边时不时看向兔子先生，示意他继续讲。

“幸运的是，那里唯一的一家小店，是一家理发店。

“为了画画过程的完美，我走进小店，打算剪短留了几年的长发。

“店主满口答应，客气中透出兴奋。他说自己是这里仅剩的居民。当初这里一派荒凉，居民们都嫌弃，搬走了，只有他实在舍不得，留了下来。

“慢慢地，鸟兽为这里带来很多花树的种子，随着时间的推移，成就了眼前这般美好。

“我渐渐明白了他见到客人的兴奋，源于孤独。

“他一边聊着，一边理发，先是帮我剪了个中发，然后是短发，待我回过神来，浅褐色的头发已经被剪光了。

“他停住嘴巴，抱歉地看着我。他实在太寂寞了，剪完一种发型，想着又要没人倾诉，于是就再剪短一点，多聊几句，再短一点，再短一点点……

“他有些不知所措，像个犯错的孩子一般不停地道歉。”

兔子先生接过我手中的摩卡继续说："他说和我很谈得来，其实更多的时候是他在说，而我只是听着。即使这样，他也很满足。

“他说对不起的时候，我的头上冒出一株蓝色的，带锯齿边缘的小芽。于是我指着它说：‘没关系，看，我很喜欢现在的发型。谢谢你，我的朋友。’”

“真是让人羡慕的发型。”我说。

听完兔子先生的故事，盛着摩卡的杯子也空了。

我突然有种时光扭转的错觉，觉得人的性格、情感以及一些场景是会“传染”的。兔子先生像那时的理发师，娓娓道来；而我则像当年的兔子先生，成为一个寡言少语的聆听者。

这样相似的温暖像一条公交线，而我的咖啡店只是其中一站。兔子先生被剪去多年的长发，却得到了一个朋友，这不禁让我动容。

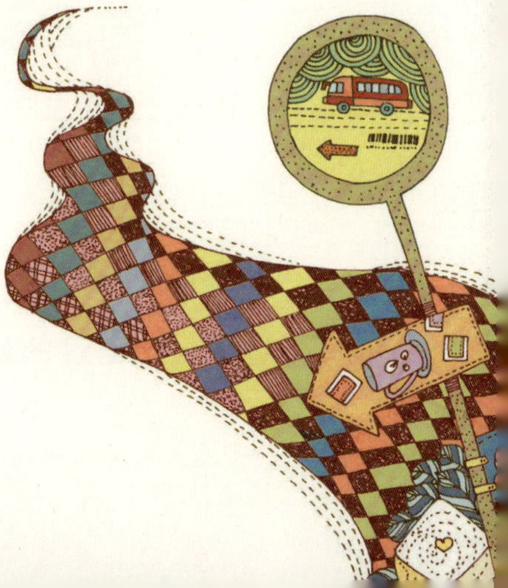

自己曾倾尽所有，依赖于你的那些种种，只是玫瑰花丛边，一个已过的站台。

我会整理好，重新出发，就像现在正在努力的一样。信任，并没有那么难。它的理由原来可以很简单，只是因为——孤单，爱情或友情都一样。

我遇到 1——爱不是说谎的理由

我遇到一只漂亮的白猫。

他说：

“你相信吗？我原来是一只卑微的花猫。

“懂魔法的主人调制着泡沫超多的洗衣粉，

准备实验效果时，

我自告奋勇地跳进了洗衣机。

出来后，

我就成了高贵的白猫。”

“你的主人一定更加喜爱你，

因为你帮了她，

而且更加美丽。”

我羡慕地说。

“嗯，希望是吧……”

白猫淡淡地附和着，

注意力不在我这里。

他的目光望向墙的一角，

那银河一样闪闪发光的蜘蛛网，

好像可以承载所有微弱光线的跳跃。

我需要澄清，

不是我的小店不够干净。

那是我答应蜘蛛小姐，

给她一小块地方，

作为暂时的居所。

雨水打翻了她久居的树枝，

而我也不介意多些自然的气息。

更何况那张网像我，

总想拥抱些什么，

即使飞过的是风。

自己是张承载阳光的网，

本就美好。

“可是它那么容易残破，

而且需要依附树枝或屋檐生活。”

白猫平淡地说着。

“但是它真实。”

LOUE

“就像爱情，

不管一段爱情是长是短，

是否有绚烂的结局，

真实的付出都是最纯洁而美好的。

它以独特的方式存在着，

如静静绽放的浅色玫瑰。

至少，

我是这么认为。”

我继续说着。

我遇到 2——诚实是最好的童话

白猫不说话，

那种表情，

像是在等待一位很久没见的朋友。

而后

他向我要了一杯白水，

接过后就倒向自己的头。

我看见有些地方光洁的白色渐渐褪去，

露出了迷人的黑色。

“对不起，看，其实我只是一只普通的花猫。

至于白猫的故事，

也只是一个故事，

是希望却不是现实。

主人是个普通的女孩，

根本不懂魔法。

“也许我就像那张网，

依附在主人的屋檐下生活。

除了爱她，

却什么都抓不住。

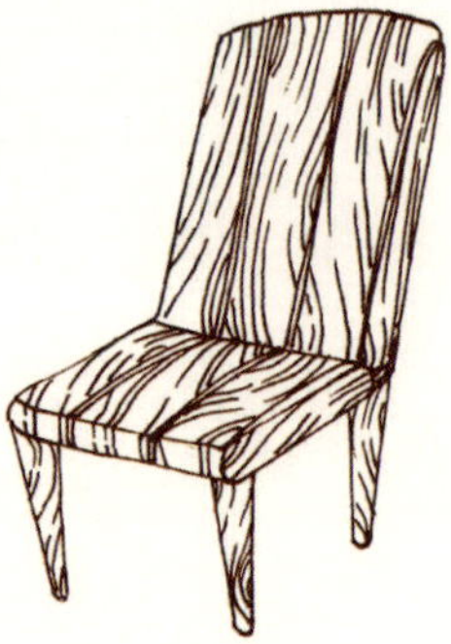

“主人喜欢纯白的东西：

雪、白漆木椅、银色饰物……

而我却是只花猫。

“也许我可以像那张网那样，

存在并等待，

用最真实的我喜欢她。

也算是我一路上美好的风景吧。”

我给了他一个很有诚意的微笑，

以示认同。

而后的时光，

换我在店里望着墙角，

慵懒的阳光竟然很勤快地在蜘蛛小姐的网上

跳了一下午。

不知道为什么，

我很想写这样一个故事。

在一家树林深处的咖啡馆里，

一只白猫和一只黑猫相遇，

相爱。

他们的后代是一只可爱的黑白相间的花猫，

他有着白猫的高贵和黑猫的俊美。

他的金色的眼睛如银河一样闪闪发光，

好像可以承载所有微弱光线的跳跃……

我遇到
树林咖啡店记

猴子先生

猴子先生是个看起来不安分的小伙子。他到访我的店里时，总不好好坐着喝东西。

第一次遇见猴子先生的时候，我正用托盘托着一杯咖啡从吧台走出来，他一边望着留言板，一边拨动墙上的落叶，对我说："苏尔是吧？这周围的装饰就不能换成新鲜的叶片或花儿什么的吗？或者彩灯。彩灯，你知道吗？我去过的城市里有这种东西，一闪一闪会亮的那种……"

我正想向他解释，落叶比较有质感。他又跳到店门后，用手摸摸大门的门框，接着说："门框为什么用木纹的材质呢？一点特色都没有，这可是森林，到处都是树……对了，我的咖啡做好了吗？"

猴子先生每次都挑我或店里的毛病，但他还是愿意经常光顾。我对这位熟客并没有太多好感，但也不觉得讨厌。每个人有每个人的性格，就像这个森林也用包容的方式接纳了我。

我这样说服自己，直到有一天，我和我的咖啡馆迎来了“不一样”的猴子先生。他挽着一位身材娇小的猴子小姐，走进店里，对她绅士般地微笑。这时的猴子先生，用成熟稳重代替了顽皮。猴子先生客客气气地叫我过来点单，眼神里有些对过往行为的不好意思。猴子小姐静静地看着猴子先生，嘴角和脸颊都透着害羞和爱意。

每个人都有缺点，愿有人让你成为

更好的自己。

鹿先生

时光乘着风在云里游走，我偶尔会在咖啡馆后的灌木丛中，看见一双鹿角。

这是鹿先生的角，和其他鹿的鹿角不太一样，上面装饰着一些说不上名字的蕨类植物，和一些干掉的花，一个正红色珠串尤为显眼。

恰逢午后，鹿先生从灌木丛中走到我面前，在我的追问下，谈起关于鹿角的故事。

“我是一只爱旅行的鹿，左边鹿角上的这些深紫色的蕨类植物，是在我去一片小树林时留下的礼物。我在饥渴难耐时，幸运地找到了水源，当我喝饱水后抬起脸，就看

见面前是一大片深紫色的植物。我将它们采一些下来，作为幸运的礼物挂在角上。”

“林间的植物不足为奇，关于这个红色珠串呢？”我疑惑地问。

“这也是很久远的事情，当时我误入禁区，在猎人的枪口下逃亡。是一个小女孩跌跌撞撞带着我走出猎人的捕猎区。我们告别时，她的腿已经被乱树枝划了好几个口子。她将手上的红珠串挂在我的角上，不舍地流着泪离开。我一直为这短暂的相遇和分离而难过。但我依然保留着这个正红色珠串，因为这是她留给我的礼物。此后，每到一个地方，我就将‘纪念品’挂在角上，继续下一段旅行。这些干花、草叶和缠绕着的枝干，都是时光最好的馈赠。”鹿先生望着天空的云朵，仿佛它们也在聆听这些娓娓道来的话。

“关于回忆，好的坏的都保留，但不要停下脚步。”他微笑着对正在打奶泡的我说。

长颈鹿小姐

长颈鹿小姐是这片森林的动物中优雅的典范。长长的脖颈令人羡慕。她来到我的店门外，想在这里度过一个悠闲的午后。

咖啡店内的高度不够，我将她安排在室外的咖啡桌前。长颈鹿小姐彬彬有礼，礼貌地微笑，礼貌地问好，礼貌地点一杯冷萃咖啡。礼貌地说起“高高在上”给她的生活带来的困扰：“我实在太高了，出生的时候就有一米五，成年后在其他动物眼里更是‘高不可攀’。加上我也不太说话，更给人高冷的感觉。有一次我想和一只刺猬打招呼，没等我走过去，他就警惕地缩成一个球。防备和拒绝总是生活中冰冷的刺。而且我的身高虽然保证了自己能取食高处的树叶，但对于灌木丛后那些诱人的浆果，我却只有眼馋的份儿。”

长颈鹿小姐说完气喘吁吁。

这时一位体形很小的蓝鸟小姐停在长颈鹿小姐的额上，她望向长颈鹿小姐，对我说：“对不起，她的声带有点特殊，不太好发声，而且她的脖子很长，说起话来很费力。”

“您是长颈鹿小姐的朋友吧？”我好奇地问。

“苏尔，你好。我是她取食时认识的朋友，她在嚼着高处的树叶，而我就住在临近的一棵树上。我们遥遥相望了一会儿，决定相互打招呼，而后就慢慢成了闺蜜。”

“苏尔，我们慕名而来，我却不知道如何享用您的咖啡。”长颈鹿小姐为难地说。

我想了想，搬来闲置已久的梯子，爬上梯子把冷萃咖啡举到她的嘴边。

办法总比困难多，无论

是生活还是爱情。

兔子姑娘

黄色小花挽着深绿色草叶，约好每天清晨看云霞。咖啡馆在不知不觉中融入了这片森林。

每个周六，温婉可人的兔子姑娘都会如约而至。有时候是和几位用心打扮的兔子姐妹一起。她们穿着同色系却不同款式的闺蜜装，踏着各自喜欢的蕾丝边小鞋，点几杯风味咖啡和一些小甜点，凑在一起开心地聊天。有时候是和一位兔子先生一起。兔子先生温文尔雅，主动将菜单递给兔子小姐点单，主动买单，说话时轻声细语，像一阵温暖的风。有时候是和其他动物一起，松鼠小姐，羚羊女士，或是斑马先生，他们聊着各自圈子的事情，分享着愁苦幸福。更多的时候，她独自前来，点一杯抹茶拿铁和一份蓝莓蛋糕，享受时光，也消磨时光。

我时常在她喝咖啡的时候望向她。她的眼睛大而明亮，脸颊微微泛着红晕，脖颈处的毛发梳得整整齐齐，精致的草编项链里镶嵌着一颗颗浆果，蕾丝衣领的右下方是一枚精致的向日葵胸针……这位漂亮的姑娘，不太对我倾诉，却把她的生活和咖啡馆紧紧连在一起。

有些甜点可口好吃，是因为烘焙得恰到好处。

终于在某一个周六，兔子姑娘看着我忙碌的样子，细声细语地对我说："我想接连不断在生命里放进更多的美好，但前提是在我深爱的地方——森林咖啡馆。苏尔，谢谢你。"

"也谢谢你，让我知道爱情以外，精致生活的重要和美好。"我说。

獾夫妇

在咖啡馆的来客中，獾夫妇是很特别的一对。他们多是在夜晚降临后前来光顾。

点单时，獾女士说：“点拿铁吧。”

“好的。”獾先生回答。

“要不点浓缩咖啡吧？”獾女士又说。

“也可以。”獾先生回答。

“不不。抹茶好一些。”獾女士继续说。

“你总变来变去，问我干什么呢？”獾先生小声嘟囔着。

“你第一天认识我吗？我就是这样子！苏尔，还是点焦糖玛琪朵好了。”獾女士理直气壮。

总为点什么喝的而争吵，仿佛这是他们生活的缩影，但最后点的都会是焦糖玛琪朵。

点好了咖啡的獾女士开始和獾先生聊天，说今天的天气适合晒被子，怎么就没有想起来去洗；说家里的食物少了一点，是不是又被獾先生偷偷当零食吃了；说邻居家的窝又好又舒服，她也想如何把自己的家拾掇拾掇；说孩子们都大了，却总操不完心，这个不听话，那个太顽皮……

獾女士聊天，说的也多是些生活的琐事，一件接一件，稳稳当当，气场极大。獾先生有时一言不发，有时说了几句就被打断。但每到最后，獾先生总是温柔地牵着妻子的手一起走出咖啡馆。

我对这样的相处方式又羡慕又疑惑，表面看起来谈不到一起的獾夫妇，又是如何牵手走到暮年的呢？

也是在看留言板的时候，我才看到他们共同的留言条，上面写着：这就是爱。

焦糖玛琪朵，不期而遇的甜蜜。

·第三章·

神秘来信

尝试与意外

这片森林是一个迷人的小小世界，处处充满惊喜，但也与世隔绝。在森林咖啡馆的日子，忙碌而充实，却也夹杂着闲下来时的百无聊赖。

我尝试着在咖啡馆旁边树立了一个邮箱，以此探寻远方的消息。邮箱依然用废木制作，用钉子钉好后，我用刷子在上面刷了一层清漆。在邮箱朝外的那一面，我将花瓣一片一片粘上去，拼成一个心的形状。我对着邮箱左看看右看看，欣赏着自己给自己的“礼物”，生活也因为它而有了期待。

很快，我就收到了第一封来信。信封插进邮箱，露出小小的一角。我小心翼翼打开邮箱，发现这是一封没有寄信地址的邮件，信封上的寄件人署名是小负负，上面有一枚奇怪的邮戳。打开信封，里面是一张看起来很普通的纸。来信内容也很简单，大致是说这位小负负身处另一片森林，白鸟先生路过休息时告诉他，有这样一位女孩开了一间咖啡馆。

我看信的时候，用手指夹着的信封里掉出几片彩色的树叶。这是在我所处的这片森林里不曾见过的落叶，特殊的形状和颜色，似乎还有一种淡淡的泥土芳香。

我继续看信，顿时红了脸。因为最后一句直白地写着：苏尔，我想认识你。

风在有意无意地敲着店门，而我反复看着这封信和几片随信寄来的落叶，不愿意被打扰。昆虫们唱着歌，曲子优美，却听不清歌词。

尝试总会收获一些意外，因为尝试本身就是一场意外。

小负负的第二封信

过了一些日子，我在邮箱里发现了小负负的第二封来信，信封看起来和第一封没有什么区别，依然是简单的署名和奇怪的邮戳。关于信件的内容，小负负这一次开始了手账式的记录。

苏尔：

你好。

今天天气不错，空气中带着花香。想告诉你关于我的一些事情。

我在休假，但心情并不好。我决定带着相机开始短暂的旅行，一路走走停停，误入森林。刚来的时候，这里的风很大，林间的树木相互推搡着，感觉快要把自己撞飞。心里的海也像是遭遇了暴风雨，坏情绪不时地翻涌着。我开始觉得似乎城市容不下我自己，林子也容不下我自己。我闭上眼睛，任凭被风吹起的碎草和尘土打在我的脸上和手上，没被衣服包裹的地方，有轻微的刺痛感。沮丧开始蔓延得无边无际，而就在这时，一颗咖啡豆从天而降，砸中了我。

我以这样特殊的方式遇见了帮你运送货物的白鸟先生。我看着缓缓落下、一脸抱歉的白鸟先生，白色的羽毛似乎在发光。还没有开始对话，我的坏情绪就戛然而止。而此时，风竟然小了一些。

经过长途跋涉，咖啡豆的包装有轻微的破口。我一边帮白鸟先生修补着，一边追问白鸟先生关于咖啡豆的事情，他就很自然地提到了你。

原谅我重复了第一封信的内容，我只是觉得那封信有点唐突，就在此赘述作为解释。

每一片灰色都会被阳光照亮，难过都会过去，请相信未来会是好的。

苏尔，你说呢？

小负负

9月7日

小负负的第三封信

苏尔：

问好。今天是个适合写信的日子。

你知道吗？我第一次在夜晚遇见了猫头鹰先生。

他一动不动立在一棵矮树的树枝上，像一位守夜的卫士。

“猫头鹰先生，你好。”我礼貌地向他问好。

猫头鹰先生没有反应。

“你好！猫头鹰先生。”我放大声音说。

猫头鹰先生还是没有反应。

“你好？”我担忧自己打扰到了他，小声地说。

猫头鹰先生依然一动不动。

我换着各种方式和猫头鹰先生打招呼，猫头鹰先生都没有回答。他睁着大大的眼睛，望着我，也望着森林。我拾起一朵白色的小花，高高举起放到猫头鹰先生身边。“送给你，晚安。”

猫头鹰先生依旧没有说话，但眼神温柔了起来，因为他眼里开出了一朵白色的小花。

我想，生活是镜子，你给它美好，也收获美好。

苏尔，我又听说了关于你的故事……此时正值深夜，愿清风伴你入眠。

晚安。

小负负

9 月 13 日

小负负的第四封信

苏尔:

今天的太阳拥有幸福的微笑。

松鼠一家钻出树洞，一边觅食一边打闹着。松鼠小姑娘的尾巴毛发蓬松，吃东西的时候尾巴高高翘起，紧紧贴着身体，很是可爱。松果是松鼠们喜爱的食物，被他们紧紧抓在手中，像天空喜爱云朵，也尽力拽着云朵不愿放手一样。我想拍下松鼠一家的模样，可是当我拿起相机，他们一溜烟儿就躲进了树洞。

今天的风让人捉摸不透，落叶倒是很美，偶尔几片落下来，用芭蕾舞者舞蹈的方式。

我想拍下落叶的模样，可是调皮的风轻巧地把它送出了镜头。

傍晚的时候，我看到天空的云变成了花朵的样子。仿佛森林里生长的花被人拾起，珍惜地包入蓝色的绸布里。

我想拍下它们，可是偏偏下起了雨……

苏尔，我突然想拍下这些给你看，我也说不清原因。但对于我，想做的，做不到的，都会努力去实现。

小负负

9 月 21 日

小负负的第五封信

苏尔：

今天是个让人觉得温暖的日子。我收到了你的回信。

我小心翼翼打开信封，没有信纸，没有咖啡豆，里面躺着一枚三叶草。它看起来很纤弱，却很美，每瓣叶片上面都有一圈白晕，像晚归的海浪，也像被风吹开的云。

四叶草代表着希望、信心、爱情、幸运。而我更喜欢你寄来的白斑三叶草。因为我明白，你想表达的是一切安好。它数目繁多，不像四叶草难以寻觅，寓意也更适合世间孤独的灵魂。

苏尔，谢谢你。愿今天清晨的阳光温暖你的心。

小负负

9 月 27 日

我收到这封信的时候，恰好是清晨，阳光照进树林，像太阳赐予生灵的一首带着温度的诗。

爱是难以言喻的默契，从倾诉和一点点喜欢开始。

过了一些时日，我又收到小负负的来信。信封里夹着三张照片，分别是树洞边漂亮可爱的松鼠，与风一起翩翩起舞的落叶，以及傍晚梦幻迷人的云朵。

虫儿轻轻唱着，像是在对我说情话。

信纸上的内容极为简短，大致是说：小负负觉得很奇怪，近日他从未走出过那片林子，却在错落的树叶间，依稀看见城市的模样。一些树不见了。

小负负说，信件会停一停，晚一点联系我。

·第四章·

接纳

消失的树

收到小负负的最后一封来信不久，我也发现自己所处的森林有了异样。

和小负负的森林一样，一些树不见了，像是一夜之间蒸发在空气中，也像是无辜地经历了什么，再也没有醒过来。即使在咖啡馆内，我似乎也闻得到空气中多了一些木屑的味道。这片森林也遭到了砍伐。

先是一两只飞鸟哀鸣着从天空飞过，后面几日，是更多的大大小小的飞鸟从天空飞过，诉说着失去家园的忧伤。灰色的翅膀是哀愁，黑色的羽毛是无望，蓝色的天空拥抱着他们，又温和又轻柔，是安慰也是鼓励。

咖啡馆后的灌木丛时不时有逃难的动物窜过去，少有动物客人再有心情去品一杯咖啡。林间弥漫着不安的气息。我接连几天梦见飞鸟从天空划过的场景，他们大声叫着：家！家！家！我的视线所及只有天空，看不到一棵树。然后我醒过来，迎接我的是窗外照射进来的一缕阳光。

我开始四处寻觅，帮飞鸟找可以栖息的新家，也在自己的咖啡馆的屋檐下清理出一些空间，给飞鸟小姐和飞鸟先生们落脚。

风里夹杂着天空的眼泪。雨天的时候，家的所在显得尤为可贵。飞鸟们紧紧依偎在新筑的巢里，屋檐的雨滴仿佛诉说着他们心里的忧伤。花无精打采傍依着草叶，拥抱成了又奢侈又美好的举动。

别难过，我对自己说，也对飞鸟和其他逃难的动物说。

刹那间失去的，一起努力找回来吧。

客人回访

夜幕降临时，狐狸小姐来敲咖啡馆的门。比起第一次见到狐狸小姐时的优雅美丽，她这次显得有些狼狈，火红的毛发沾染了一些尘土，失去了原有的亮泽。

她说："苏尔，很抱歉打扰你。我想在这里借宿一晚，可以吗？"

我没有回家，和她一起在咖啡馆里，听她说她的所见。

"明天打算去哪里呢？"我问。

"不知道，今天安好再谈以后吧。"狐狸小姐淡淡地说。

在这样的日子里可以相互陪伴，是因为关心一直都在，从未缺席。

狐狸小姐作为店员留了下来，白天帮我打理咖啡馆，晚上我们回我的小屋一起住。大风的日子里，咖啡馆的桌上也会有好看的花。柠檬水被放到门口，给逃难的小动物们饮用。

生活仍要继续。好在天黑时，心里有光。

不久后，猴子先生带着猴子小姐找到我，想在咖啡馆借宿一晚。我的家只够自己和狐狸小姐同住。我临时把桌子拼起来，铺上一层软草。猴子先生和猴子小姐就这样背对背，窝在一起，轻声说着刚认识时候的事情。

“听说你认识我之前不是现在的样子。”猴子小姐说。

“嗯。人家都说爱情让人疯狂。但你是那个可以让我的心安静下来的女孩。”猴子先生说。

他们的对话中透着温柔与庆幸，仿佛今天的遭遇不曾发生。我在桌子旁边留下一把备用钥匙，和狐狸小姐轻手轻脚退了出去。

爱是一方纯白色帕子，在起风时温柔地蒙住你的双眼。草叶纷飞，你却安然无恙。

飞翔的方式

近几日，我看见咖啡馆附近的树上多了一些亮晶晶的东西，这是乌鸦们的家当。

一群乌鸦飞过来，错落地停在树枝上，用祈求的眼神望着我。这里的树木适合他们筑巢，他们也想在这里找到新的归宿。

“住下吧。”我说着，打开咖啡馆的门，去准备一些食物以迎接我的新邻居们。我们相互选择，相互依赖，一起面对砍伐带来的不幸。

周围的动物们幸福安好，自己才会幸福安好。这是森林的法则。去接纳不熟悉的事物，用拥抱幸福的方式。

森林的砍伐似乎越来越严重。更多的动物想在森林咖啡馆停靠。除了咖啡，我做了一些甜点供大家取食。咖啡馆的食物渐渐紧缺了起来。后面的连续几日，不知是谁雪中送炭，默默在邮箱旁边放了蜂蜜。这样的救济在这些时日里着实珍贵。我将它们或拌入甜品中，或制成蜂蜜饮料，端给需要的动物们。有一次我发现邮箱旁边的蜂蜜罐上粘着一片遗落的白色羽毛。而我一眼认出，这片羽毛来自白鸟先生。

这片树林在不经意间告诉我：别怕，尽力前行。因为每个人的身后，都会有温暖的世界。

白鸟先生默默当起了运送食材的快递员。林子里的鸟儿大多出双入对。没人知道他为什么没有爱人相伴左右。之前大家会偶尔提起，而现在感恩代替了八卦。好吃的食物送到嘴边，动物们渐渐安心下来。

用爱去捂热每一颗心，也治愈自己。

改变

砍伐的范围似乎越来越大，咖啡店周围挤满了动物，也难以收容更多的“难民”。

豹小姐脱掉了好不容易才适应的高跟鞋，开始了新的流浪。象女士带着孩子，一瘸一拐走向咖啡馆，粗糙的皮肤上甚至留下了被猎杀的痕迹。蓝鸟小姐独自前来，她栖息的树木已经被砍伐，和长颈鹿小姐也走散了……

每个动物的眼泪里都有一个特别的故事。

我想改造这朵属于我的花，让它从咖啡馆变成旅店，从而得以收留更多的动物。我开始忙碌起来，着手去弥合现实和构想之间的裂缝。有些事会很难，比如改变；有些事必须做，比如改变。

在象女士和其他动物的帮助下，咖啡馆的后面一半被改成收容旅店。豹小姐将高跟鞋放在房间门口，安心地住了进去。蓝鸟小姐等了数日，终于等来了长颈鹿小姐。她们住到一起，依然是令人艳羡的好闺蜜。象女士看着眼前熟睡的孩子，对我轻轻说：“苏尔，你让属于自己的小花，变成了属于大家的花海。”说到花海，我突然想起了小负负，不知道在另一片森林里的小负负，现在怎么样了。

岁月更替着，从不轻易放过每一个脆弱的灵魂。我伸出手去捕捉眼前微弱的光，试图像蜘蛛小姐一样去织一张网，网住不可知的未来。令人茫然的时光里有花瓣在枯萎，森林里的路弯弯绕绕，没有人会知道每一个路口都通往何方。

愿打破迷雾，成为更好的自己。

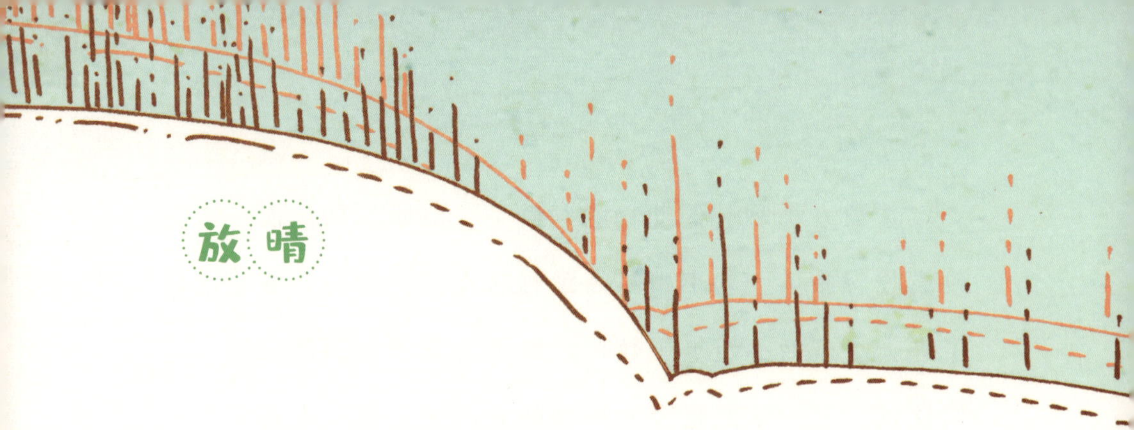

放晴

一个好天气，收容旅店迎来了喜鹊小姐。她飞向我们，展开的翅膀黑白相间，让人想起古老的图腾。

“砍伐停了！砍伐停了！砍伐停了！”喜鹊小姐一遍又一遍传达着喜讯，然后落在一根冒出新芽的枝干上。

“是真的吗？”

“停止了吗？”

“这片森林还会再遭受砍伐吗？”

动物们纷纷询问着，议论着，想一再确认，像是确认是否有一条安全的路通往未来。

砍伐没有继续下去。

大致是因为一封举报信，城市叫停了乱砍滥伐。弥漫已久

的愁苦气息终于随着这个好消息慢慢消失殆尽。大家相互传着喜讯，商量如何在自己的力量范围内重建家园。

今日的风格外清爽，雨慢慢放轻脚步，停在时光的某一个段落。天空的彩虹很美，是因为太阳在雨后微笑。

·第五章·

遇见美好

离别是更好的开始

豹小姐提着存放高跟鞋的箱子，准备在附近寻找新的家园。象女士跟上了象群，带着对森林旅店的不舍和对未来的期待离开。蓝鸟小姐停在长颈鹿小姐的额上，长颈鹿小姐停在森林旅店的门口，迟迟不愿意离去。

“在找到新家之前，就先住在这里吧。”我对蓝鸟小姐和长颈鹿小姐表示理解，所有暂时的停靠，都是为了整装待发以觅得长久的安稳。

日子逐渐恢复了平静，动物们怀着感激纷纷搬离咖啡旅店，另寻去处。往返咖啡旅店和住所的路途中，雾气渐渐散开，灌木丛中冒出一些新叶，象征新生的脉络清晰可见。周围的花依旧绽放着，像我初到这里时的样子。

狐狸小姐是最后一个离开的，我没有答应她留下继续做店员的请求。因为她火红的毛发，透露着她对新生活的炽热与渴望。我希望森林旅店是港湾，而不会是羁绊。临走前，狐狸小姐将一枚手编花环递到我手中，枯叶和干花错落有致地连接成环形，其中点缀着几枚鲜红的浆果。

“谢谢你的照顾。”狐狸小姐说。

“也谢谢你。不论是第一次相见还是近日的相处。”我看看她，又看看花环，她和我不约而同地说，“感谢我们需要对方时彼此都在。”

我们默契地笑着，约好寻找各自的伴侣。然后我目送她消失在树林中，树林上方的天空，点缀着美丽的火色云霞。

相遇相惜，离别却是更好的开始。

空邮箱

森林咖啡馆又开始了有条不紊的营业。咖啡馆后的旅店偶尔会迎接慕名而来的动物旅客。

关于爱的温暖我倾听着，感受着，心里某一处，伤口在渐渐愈合。也许望着天空的人总会忘记脚下的路曾有多么崎岖不平。而我也开始愿意去寻找飞翔的翅膀，飞向距离天空更近的地方。

咖啡的香气在手边萦绕，闲暇时我默默想着自己的故事会有怎样的结局，然后每天为遇见不一样的美好而忙碌。

迷人的蝴蝶迁徙时也路过了这里，他们成群结队，褐色的翅膀就像汲取了阳光和树林的力量。而壮观的场面过后，我的眼睛捕捉到的，依然是孤零零的邮箱。邮箱，总是空空的。

我明白，若有所失，是因为我有期待。

日期：10月18日 时光未满

普通的一天，有些忙碌。

太阳疲倦地回家了。

星星不想睡，

任性地吸着蓝莓果汁。

收到一堆明信片，

它们好像约好了，

今天来个小聚会。

它们来自尊敬的、亲爱的客人们。

署名很有特色：

焦糖玛琪朵——獾夫妇；

曼特宁——如假包换的花猫先生；

卡布奇诺——兔子姑娘；

Espresso——豹小姐；

……

看起来像菜单，

大家在署名前加了来店里常点的咖啡名。

还有这位：

第一杯柠檬水——红狐狸小姐。

她的卡片正面是一朵火红的野菊，

后面用优雅的字体写着：

夹杂悲伤的咖啡微苦，

寻找站牌的时光未满。

这些卡片像加了糖浆的浓缩咖啡，

裹着新鲜的温暖。

也许明天太阳被云吻醒时，

我也开始等待。

那一个美好的未知，

初恋虽难忘，时光仍未满。

“浣熊”先生

傍晚的时候，风卷着碎草叶而来。我从吧台望过去，是门开了。一个男孩出现在我面前。

这是一个眉目清秀的男生，白色的衬衣搭配蓝色牛仔裤，胸前挂着一个相机，左手拖着一个旅行箱，箱体上有一个奇怪的邮戳一样的标记。

他看到我，微笑着说：“你好，苏尔。好久没联系。”

我愣在那里，手中的咖啡飘着香气。

眼前的男孩是小负负，读信的时候，我一直觉得他像一只浣熊，黑色毛发充满了负能量，夹着白色的单纯和美好的向往。

你好，小负负。好久没联系。幸运的是，相遇会迟到，但终究没有缺席。

明信片

小负负以旅客的名义在咖啡旅店住下。他依然说在休假，可是并没有想闲下来的意思。

有一次我刚调制好柠檬茶，他凑过来，用相机拍下我的茶。刚开始我觉得好笑，而后来我看到照片，竟有点挪不开眼。在照片中，柠檬茶呈现出好看的褐色，像是汲取了阳光和树林的力量，这让我想起迁徙蝴蝶的翅膀。茶的中间是通透的粉黄色柠檬片，冰块微微上浮。像浮云托住的暖阳。

在小负负的相机中，保存着我的拿铁、卡布奇诺、浓缩咖啡以及各种茶饮的照片。他也拍下咖啡馆的照片，有时候是店的一角，有时候是留言板的枯叶装饰。

小负负为我的店拍好看的照片，然后做成明信片，送给往来的客人留作纪念。

时光渐暖，是因为有人和你一起歌唱。

甜点

清晨，桌上摆着一个精美的甜点。紫色的布丁上面用裱花嘴挤出一个好看的花形，上面放着几颗蓝莓和一片薄荷叶。小负负只是淡淡地说：“Surprise。”

而我打扫旅店过道的时候，透过窗户，曾看到小负负房间的床边，摆着厚厚的几本甜点教程。我坐下来，面对一个“惊喜”。我拿起勺子，舀一勺布丁放进嘴里，淡淡地说：“很好吃。”心里却泛起了涟漪，像被微风亲吻过的湖水。

有些事物像甜点上的蓝莓，有点酸，有点甜。它只是点缀，却让甜点精美好看。

幸福因你而完整

在住店的这段时光，小负负帮我端盘子、清洗杯具、研究新菜单……他细心地照顾着我。

我们一起去看花海。他告诉我，在他之前所处的那一片森林，也有美丽的花海。世间的花海都连着寂寞。而寂寞会化成美丽的花，从此连绵成海。如此循环，迎来阳光，吞没孤单的夜晚。我们从花间穿行而过，像两只在汪洋中得以远航的船只。

我们一起去看星空。我对他说，这是被花海吞没后的夜晚。漫天繁星，是花望见幸福时的眼睛。

小负负用行动表示着爱意。我却有自己的倔强，总觉着这样的相处温软了些。

直到有一天，小负负即将离开，我在打扫房间时，发现了小负负给城市的乱砍滥伐举报信草稿。他以这样的方式保护着这里，保护着我，却从未提起。

我追出去，牵住了小负负的旅行箱。

“小负负，今晚一起去看萤火虫吧。”

夜晚如期而至，我走在熟悉而又陌生的林间小路上，身边的男孩牵起我的手，白色的衬衣有淡淡的香味。

点点微光，一齐在说我愿意。

图书在版编目（CIP）数据

逃往森林的风 / 恒兰著绘. -- 北京：海豚出版社，2021.4

ISBN 978-7-5110-5497-5

Ⅰ. ①逃… Ⅱ. ①恒… Ⅲ. ①散文集－中国－当代 Ⅳ. ①I267

中国版本图书馆CIP数据核字(2021)第041596号

逃往森林的风

恒兰　著绘

出 版 人　王　磊
策　　划　田鑫鑫
责任编辑　梅秋慧　张　镛
装帧设计　杨西霞
责任印制　于浩杰　蔡　丽
法律顾问　中咨律师事务所　殷斌律师
出　　版　海豚出版社
地　　址　北京市西城区百万庄大街24号
邮　　编　100037
电　　话　010-68325006（销售）　010-68996147（总编室）
印　　刷　北京金特印刷有限责任公司
经　　销　新华书店及网络书店
开　　本　680mm × 960mm　1/16
印　　张　13.75
字　　数　83千字
印　　数　6000
版　　次　2021年4月第1版　2021年4月第1次印刷
标准书号　ISBN 978-7-5110-5497-5
定　　价　45.00元